예술로
젊어지기

저자 ｜ 최은경 (崔恩卿)
Choi Eun Kyoung

Instagram

kiwicindyshop

Email tiojin@naver.com
Instagram www.instagram.com/kiwicindyshop/

약력

개인전 27회
서울시의회 본관 전시
아이파크백화점 갤러리파크 초대전 (용산)
D.R.E.A.M 전, 인덕대학교 아정미술관 초대전 (은봉관)
Modern Art Show, Hong Kong (Midtown Popplaza)
DAF GoldenEye 초대작가전 (벽골제 아리랑문학관 전시장)
인사동 환갤러리
중국 청도 국제아트페스티벌 (청도시미술관)
롯데호텔 서울 호텔아트페어, 유아트쇼룸 운영위원장
안다즈 서울 강남 언노운바이브 호텔아트페어, 유아트쇼룸 운영위원장
SETEC (Seoul Trade Exhibition & Convention) 뱅크아트페어, 유아트쇼룸 운영위원장
수원컨벤션센터 뱅크아트페어, 유아트쇼룸 운영위원장
백유선 디자이너 2025 코엑스 패션쇼 디렉터

수상

DAF 단야 국제아트페어 특별상
대한민국회화전
세계평화미술대전
일본 마스터즈 대동경전
일본 신원전

현재

GRAA 회원
늘그림 회원
한국AI협회 회원
유아트쇼룸 운영위원

소장

한국산업은행 작품 소장

CONTENTS

나는 왜 젊음이 낯설지 않았을까

젊음에 대한 글을 쓰기 시작하며, 문득 이런 생각이 들었다. 왜 나는 '젊음'이라는 단어가 어색하지 않을까. 마치 늘 가방 속에 들어 있던 립밤처럼, 특별히 꺼내 보지 않아도 항상 곁에 있었던 것처럼 말이다. 돌이켜보면 나는 늘 무언가를 향해 달려왔다. 꿈이라는 이름의 목표를 세워두고, 그 방향을 향해 움직이는 데 익숙했다. 그러다 보니 나이와 세월은 종종 뒷전이 되었다. 시간은 흘렀지만, 나는 그 흐름을 굳이 세어보지 않았다. 그러다 어느 날 문득 깨달았다. 어느새 '지천명'이라는 단어가 남의 일이 아니라는 사실을. 그제야 처음으로 나이를 의식했다. 하지만 이상하게도 두렵지는 않았다. 아마도 나는 오래전부터 '젊음'을 나이로 판단하지 않는 법을 보고 자랐기 때문일 것이다. 젊음이란 숫자가 아니라 태도라는 것, 외모가 아니라 삶을 대하는 자세라는 것을 자연스럽게 배웠다.

젊게 산다는 건, 무작정 철없다는 뜻이 아니다. 사람을 존중하는 태도, 스스로를 관리하는 자세, 삶을 포기하지 않는 기개 그 모든 것이 모여 젊음이라는 분위기를 만든다. 그래서 어떤 사람은 나이가 들어도 생생하고, 어떤 사람은 젊어도 쉽게 지쳐 보인다. 시간의 완성도를 빨리 이루고 싶은 마음에 일찍부터 시간을 의식하며 살았다. 막연히 "언젠가"가 아니라, "지금 무엇을 할 것인가"를 생각했다. 십 년 단위로 삶을 바라보며 목표를 세웠고, 그 안에서 나만의 속도로 움직였다. 조급해서가 아니라, 허투루 살고 싶지 않았기 때문이다.

이 책은 젊어지기 위한 비법을 알려주지 않는다. 동안을 만드는 습관이나 시간을 되돌리는 기술도 없다. 그 대신 묻고 싶다. 우리는 왜 젊어지고 싶어 하는가? 그리고 정말로 잃어버린 것은 '젊음'일까, 아니면 '태도'일까?

『Youth』는 나이를 거스르는 이야기가 아니라, 시간을 대하는 태도를 다시 배우는 이야기다. 젊음은 사라지는 것이 아니라, 선택되는 것이다. 나는 그렇게 믿는다. 그리고 그 믿음에서 이 이야기는 시작된다.

1부

우리는 왜 젊어지고 싶은가?

우리는 젊어지고 싶다. 이유는 거창하지 않다. 늙었다는 소리를 듣기 싫어서다. "요즘은 무릎이 먼저 반응하더라." "밤 11시면 자동으로 졸려." "새로운 앱은 왜 이렇게 복잡해?" 이 말들이 입 밖으로 나오기 시작하면, 사람은 하루에 한 살씩 늙는다. 진짜다. (체감상) 젊어지고 싶다는 건 주름을 없애고 싶다는 뜻이 아니다. 우리는 사실 '아직은 괜찮은 사람'으로 분류되고 싶은 것이다. 젊으면 일단 면죄부가 있다. 실수해도 "아직 젊잖아" 어릴 땐 옳은 말을 곧게 할 때 윗사람들은 똘똘하다. 당차다. 패기로 이해해 주신다. 젊은이가 바른 소릴 잘한다고 그게 흉이 아닌 젊음으로 포장되곤 한다.

나이가 어릴수록 자신감이 앞선다. 두려움보다 '해보자'라는 마음이 먼저 나오고, 그래서 더 곧게 나아간다. 실패를 많이 겪기 전 이기게 누릴 수 있는, 그 시절만의 기득권

같은 것이다. 그때처럼 무모해도 젊을 때니까, 엉뚱해도 원래 젊으면 그래라고 말한다.

그렇다. 이 문장은 마법의 문장이다. 이 마법의 문장을 우리는 다시 쓰고 싶은 거다. 문제는 나이가 아니라 태도다. 사람을 늙게 만드는 건 허리도 아니고, 흰머리도 아니고, "에이, 이제 와서 뭘 해"라는 한마디다. 그 순간, 영혼이 먼저 주저앉는다. 젊음은 생각보다 단순하다. 새로운 걸 보면 귀찮기보다 궁금해지는 상태. 처음 가는 길에서 짜증보다 호기심이 먼저 나오는 상태, 그리고 무엇보다 자기 인생에 아직 업데이트가 가능하다고 믿는 상태. 그래서 우리는 젊어지고 싶다.

사실은 젊어지는 게 아니라 늙는 걸 미루고 싶은 것이다. 아직 "끝"이라는 단어를 쓰고 싶지 않고, 아직 "나 때는 말이야"를 입에 달고 살고 싶지 않고, 아직 "그게 다야"라고 말하기엔 인생이 좀 아깝기 때문이다. 젊어지고 싶다는 욕망의 정체는 이거다. "나 아직 괜찮아." "나 아직 해볼 만해." 이 두 문장을 세상 말고, 내가 나한테 계속해 주고 싶은 것. 그래서 우리는 젊어지고 싶다. 주름 때문이 아니라, 포기하기엔 아직 재밌기 때문에.

젊음은 숫자가 아니라 느낌이다.

젊음은 나이를 묻지 않는다. 대신 이렇게 묻는다. "지금, 설레고 있나요?"

우리는 나이를 세며 살지만, 사실 우리를 움직이는 건 숫자가 아니라 감각이다. 어떤 날은 스무 살처럼 가볍고, 어떤 날은 백 살처럼 무겁다. 전시 오프닝 날, 모든 작가의 눈을 바라본다. 나이는 세월 따라 경력 따라 훌쩍 시간을 보낸 세월의 흔적이 무색해진다. 작품 앞에선 모든 작가가 소녀, 소년 같다. 자신의 그림을 설명하는 순간 그 어떤 섬광보다도 더 반짝인다. 반짝반짝. 그 반짝임. 그것이 내가 아는 젊음이다. 젊음은 피부 탄력이 아니라 질문하는 마음이다. "왜?"라고 묻는 태도, "한 번 더 해볼까?"라고 말하는 용기.

나는 스스로 자주 묻는다. 오늘 나는 무엇에 반응했는가. 무엇에 설렜는가. 무엇이 나를 멈춰 세웠는가. 젊음은 몸의 속도가 아니라 감각의 속도다. 새로운 것을 보고 "재밌다"라고 말할 수 있다면 그 사람은 아직 젊다. 그래서 나는 나이를 덜 신경 쓰기로 했다. 대신 느낌을 관리하기로 했다. 좋은 전시를 보고, 좋은 대화를 나누고, 햇볕이 예쁜 날엔 일부러 천천히 걷는다. 젊음은 유지하는 게 아니라 깨우는 것이다.

가볍게 움직였더니 생각도 가벼워졌다.

몸은 생각보다 정직하다. 마음이 무거우면 어깨가 내려앉고, 생각이 복잡하면 걸음이 느려진다. 어느 날, 이유 없이 답답했던 적이 있다. 해야 할 일은 많고 머리는 복잡했다. 그때 나는 책상 대신 밖으로 나갔다. 그냥 걸었다. 목적 없이. 처음엔 생각이 따라왔다. 일정, 연락, 해야 할 말들. 그런데 걷다 보니 생각이 조금씩 떨어져 나갔다. 몸이 움직이면 마음이 따라온다. 전시 준비로 밤을 새우던 시절, 나는 자주 깨달았다. 머리로만 해결하려고 하면 오히려 더 막힌다는 것을.

작품 배치를 고민할 때도 가만히 서서 생각하는 것보다 공간을 계속 걸어 다니며 보는 게 훨씬 낫다. 멀리서 작품을 보고 또 가까이서도 보고 지나가듯이 걸으면서 곁눈으로도 작품의 어울림을 체크하곤 한다. 움직이면 시야가 바뀐다. 시야가 바뀌면 생각도 바뀐다. 가볍게 움직이는 사람은 가볍게 생각할 수 있다.

작업을 할 때마다 예전 스승님의 하시던 말씀이 좋은 시
야를 만들어주셨다. '앉아서 작업만 하지 말고 일어서서 자
기 작품을 객관적으로 멀리서 한번 보고 작업을 해라. 다
른 일에서도 마찬가지일 것이다. 나에게 작은 몸의 여유
를 주어보는 거다. 젊음은 무리해서 얻는 게 아니다. 흐르
게 두는 것이다.

<title : blooming face>

내 안이 편해야 내가 예쁘다.

예쁜 사람을 보면 공통점이 있다. 편안하다. 억지로 웃지 않고, 나와 어울리는 스타일을 자연스럽게 표현할 줄 알고. 자기 자리에 자연스럽게 서 있다.

전시장에서 많은 사람을 본다. 나답게 차려입고 자연스러운 대화를 이어가고 있는 사람이 더 빛난다. 내가 불편하면 얼굴도 굳는다. 말도 어색해진다. 시선도 자신감을 잃고 분산된다. 내 안이 편해야 표정이 부드러워진다. 누구나 자신만이 추구하는 스타일과 모습들이 있다. 내가 친한 작가는 항상 내가 입버릇처럼 말하곤 한다. '손작가는 우리나라의 팀 버튼 감독이 될 거야'라고 손작가는 항상 자연스러운 옷차림에 그녀의 당당함이 마치 고급 액세서리처럼 걸쳐져 있다. 리미티드 에디션처럼 말이다. 어두운 빛의 옷을 입어도 빛이 나는 이유는 그녀는 열정이 자연스럽게 묻어져 있다. 그녀는 자신의 어떤 모습이 제일 편안한 모습인지 잘 알고 있는 거 같다. 그녀를 생각하면 항상 조용히 달리고 있는 명마 같다는 생각이 든다. 아주 잘 달리는 명마….

아름다움은 기술이 아니라 상태라는 것을. 잘 쉬고, 잘 먹고, 잘 거절하는 것. 이 세 가지가 생각보다 큰 차이를 만든다. 내가 나를 괜찮다고 느끼는 순간, 그때 얼굴이 가장 편하다. 젊음도 마찬가지다. 긴장 속에서는 오래 가지 못한다. 편안함 속에서 오래 머문다.

경험은 시간을 낡게 만들지 않는다.

<title : 그곳에서 Ⅱ>

　많은 경험은 사람을 소모시키지 않는다. 오히려 감각과 호기심을 증폭시키는 계기가 된다. 나는 그렇게 믿게 되었다. 학생 시절, 모델로 무대에 선 적이 종종 있었다. 화려한

조명 아래 서 있던 그 순간은 설렘보다 어색함이 먼저였다. 몸은 굳었고, 표정은 어딘가 부자연스러웠다. 그때의 나는 그 경험이 이토록 오래 기억에 남을 줄 알지 못했다. 시간이 지나 돌아보니 그 무대는 나에게 '드러나는 자리'에 서는 법을 처음 가르쳐준 경험이었다. 모델 수업을 받던 기억까지 포함해 그 시절은 이제 낯설지만 소중한 장면으로 남아 있다. 그 이후에도 나는 다양한 경험을 했다. 음악 밴드 활동, 2002년 월드컵 기간의 CJ(컴퓨터 디제이) 경험. 당시에는 그저 흥미로웠을 뿐, 어떤 목적을 가지고 선택한 일들은 아니었다. 하지만 이 경험들은 시간 속에서 자연스럽게 융합되었다. 감각을 읽는 법, 현장의 흐름을 이해하는 능력, 사람과 공간을 연결하는 시선으로. 그 위에 작가로서 이력이 더해지자 어느 순간부터 내 '능력치'를 필요로 하는 곳들이 생기기 시작했다. 경험은 쌓아두는 것이 아니라 어느 날 갑자기 쓸 수 있게 되는 자산이 된다는 걸 그때 비로소 실감했다.

얼마 전에는 유명 디자이너의 패션쇼 감독을 맡았다. 코엑스에서 열린 대규모 행사였고, 무대에는 10대 모델부터 80대 베테랑 모델까지 여러 세대가 함께 섰다. 그날 가장 인상 깊었던 사람은 뜻밖에도 80대 모델이었다. 수많은 무대를 경험했음에도 그분은 처음 걷는 사람처럼 조심스럽고, 겸손한 태도로 무대를 누볐다. 그 모습은 노련함보다 오히려 소녀 같은 순수함에 가까웠다. 시니어 모델분의 모습을 보며 젊음은 나이의 문제가 아니라 태도의 문제라는 것을. 경험이 많다는 것은 익숙해졌다는 뜻이 아니라 여전히 새로움을 대할 수 있다는 의미다. 처음처럼 묻고, 처음처럼 집중하고, 처음처럼 긴장할 수 있는 사람. 그래서 경험은 사람을 늙게 하지 않는다. 오히려 시간을 세련되게 만든다. 지금의 나는 여전히 새로운 일을 앞두면 설렌다. 그 설렘이 남아 있다는 사실만으로도 나는 아직 충분히 젊다고 생각한다.

젊음은 흥미를 만나고, 사람을 만나며 확장된다.

나는 젊어지겠다고 결심한 적이 없다. 다만, 포기하지 않기로 선택했을 뿐이다. 전시를 기획하고, 작가를 만나고, 관객의 표정을 읽는 일을 하며 나는 자주 '젊다'라는 말을 듣곤 한다. 그 말은 외모에 대한 칭찬이기도 했고, 태도에 대한 평가이기도 했다. 하지만 어느 순간부터 나는 그 말에 다른 의미들이 있다는 걸 알게 되었다. 젊음은 외부에서 부여되는 평가가 아니라, 내면에서 반복되는 선택이라는 것을, 어떤 태도로 오늘을 살 것인지, 어디에 마음을 둘 것인지를 선택하는 순간, 젊음은 다시 시작된다. 젊음은 혼자서만 유지되지 않는다. 흥미를 만나고, 사람을 만나며 더 크게 확장된다.

나는 오랫동안 그림을 그려왔고, 동시에 전시기획이라는 일을 해왔다. 작업실에서는 캔버스 앞에 서고, 전시장에서는 작가들 앞에 앉는다. 이 두 공간은 다르지만, 놀랍게도 같은 온도의 젊음을 품고 있다. 전시기획을 하다 보면 정말 많은 작가를 만난다. 작가들은 저마다 자신만의 세계를 가지고 있다. 작품에 관한 생각, 작업의 이유, 왜 이 색이어야 했는지, 왜 이 형식이어야 했는지. 우리가 흔히 '작가 노트'라고 부르는 이야기들은 그들의 머릿속과 몸에 이미 깊게 새겨져 있다.

기획 미팅에서 작품 이야기가 시작되는 순간, 공기의 밀도가 바뀐다. 작가의 눈은 초롱초롱해지고, 얼굴은 살짝 발그레해지며, 목소리는 자연스럽게 한 톤 밝아진다. 그들은 설명하고 있지만, 실은 자기 작품 안에서 다시 한번 꿈을 꾸고 있다. 그 모습을 보고 있으면 나는 종종 이런 생각을 한다. '내가 만나는 이 작가들, 혹시 선택받은 사람들이 아닐까?' 물론 특별한 재능 때문만은 아니다. 그보다는, 자기 삶 안에서 이토록 진지하게 설레는 대상을 끝내 놓지 않았다는 점에서. 그 순간, 나는 자신을 스스로 운이 좋은 사람이라고 느낀다. 예술을 사랑하고, 창작 안에서 행복해하는 사람들을 일로써, 삶으로서 만난다는 것. 이건 아무에게나 주어지는 기회가 아니다. 내가 작업할 때 느꼈던 그 짜릿한 몰입과 설렘들이 전시기획을 하며 여러 작가의 열정을 만날수록 더 크게 증폭된다. 혼자일 때보다, 함께할 때 젊음은 더 선명해진다. 전시는 늘 하나의 얼굴만 가지고 있지 않다. 개인전이 있고, 단체전이 있고, 아트페어도 있다. 때로는 실험적인 형식으로, 때로는 더 대중적인 구조로 관객

 ● 예술로 젊어지기

을 만난다. 형식도 규모도 다양하다. 기획일을 시작하면서 첫 시작은 호텔아트페어였다.

호텔의 객실 하나하나를 갤러리처럼 사용해 작가·갤러리가 작품을 전시하고, 관람객은 객실을 이동하며 감상·구매하는 아트페어이다. 말 그대로 멋진 호텔 여러 객실에서 작품을 전시하는 형태를 말한다. 호텔이라는 공간은 전시를 더욱 낯설고 흥미로운 방향으로 이끈다. 이런 공간에서는 생각보다 감각이 먼저 움직인다. '이건 벽이지'라는 공식이 사라지면, 눈과 몸이 먼저 반응한다. 여기 놓아보고, 저기서 한 번 더 보고, 마음에 걸리면 다시 옮긴다. 그렇게 감각이 자유로워질수록 생각은 자연스럽게 젊어진다. 억지로 새로워지려 애쓰지 않아도, 공간이 먼저 사고를 흔들어 놓는다.

호텔아트페어를 기획하다 보면, 나이보다 감각이 앞서 나가는 순간을 자주 만난다. 경험이 많을수록 오히려 판단은 느려지고, 대신 감각은 더 예민해진다. '이게 맞다'보다 '이게 더 재미있다'라는 기준이 앞설 때, 전시는 살아 움직인다. 그래서 나는 젊음을 감각의 상태라고 생각한다. 감각이 굳지 않으면 생각도 굳지 않는다. 나이를 잊어서가 아니라, 감각이 자유로워졌기 때문이다. 늘 기획자의 상상력과 판단을 동시에 요구한다. 정해진 자리보다 흔들리는 위치를 허락할 때, 전시는 물론 기획자인 나 자신도 가벼워진다. 호텔아트페어는 감각을 풀어놓는 전시다. 생각을 단정 짓지 않아도 되는 공간, "이래야 한다." 대신 "이래도 되지"가 허락되는 장소. 그 안에서 우리는 자연스럽게 젊어진다. 잠시 머무는 사람들, 낯선 공간, 그리고 그 안에 놓인 작품들. 그래서 호텔아트페어는 전시이면서 동시에 경험에 가깝다.

호텔아트페어를 기획할 때면 늘 함께 일하는 대표님이 계신다. 인천아트페어를 처음 기획했던 분으로, 작가이자 기획자로 활동하고 있다. 함께 일하다 보면, 그분은 언제나 새로운 제안을 내놓는다. 아이디어는 마르지 않고, 질문은 계속 이어진다. 이미 작가로서 충분한 명성과 자리를 가진 분임에도 그분은 여전히 다음 전시를 고민하고, 새로운 형식을 실험하며, 더 나은 장면을 상상한다. 그 모습을 보고 있으면 이런 생각이 든다. 젊음은 나이에서 시작되는 게 아니라 '다음 꿈'을 향해 달리는 태도에서 시작된다는 것이라고 그 모습은 마치 젊음의 출발선에 다시 선 사람처럼 보인다.

예술이 사람을 젊게 만드는 게 아니라, 꿈을 계속 꾸게 하는 힘이라는 사실을 느끼게 된다. 젊음은 출발선에만 있는 것이 아니라 방향을 잃지 않은 사람에게 계속 주어진다는 것을. 꿈을 이뤘느냐보다 중요한 건 아직도 꿈을 그리고 있느냐는 질문이다. 이미 충분히 해냈음에도 다음 장면을 상상하는 사람은 언제나 젊다. 예술이 사람을 젊게 만드는 것이 아니라, 예술이 사람을 계속 꿈꾸게 만들기 때문에 젊음이 유지되는 것이다. 전시기획이라는 일은 작품을 배치하는 일이 아니다. 사람의 눈빛을 연결하는 일이다. 작가의 눈빛, 관객의 눈빛, 그리고 그 사이에서 반짝이는 시간. 그 눈빛이 살아 있는 한, 그 공간은 언제나 현재형이다. 그리고 나는 그 현장에서 오늘도 젊음을 만난다. 그 사람이 몇 살인지, 어떤 직함을 가졌는지, 얼마나 많은 시간을 살아왔는지는 중요하지 않다. 대신 보이는 것이 있다. 아직도 궁금해하는 마음, 아직도 사람을 향해 손을 내미는 태도, 아직도 자기 안에 작은 꿈 하나를 남겨두고 있는 눈빛, 나는 그 순간을 젊음이라고 부른다.

젊음은 숫자가 아니라, 흥미를 놓지 않은 상태, 사람을 피하지 않는 상태, 꿈을 완전히 접어버리지 않은 상태라고 그래서 나는 오늘도 그 현장에서 조용히 확신한다. 젊음은 나이를 이기는 것이 아니라, 마음을 닫지 않는 것이다.

젊음은 언제 사라지는가?

놀랍게도, 주름이 생길 때가 아니다. 젊음이 사라지는 순간은 생각보다 명확하다. 거울 앞이 아니다. 생일 케이크 앞도 아니다. 병원 진료실도 아니고, 체력검사 결과지 위도 아니다. 젊음은 어느 날, 한 문장을 허락하면서 사라진다. "이제 나랑은 상관없는 얘기지." 이 말이 나오는 순간, 젊음은 가방을 싸기 시작한다. 천천히, 조용히, 그러나 확실하게. 사람은 늙는 게 아니라 자신을 스스로 제외하면서 늙는다. 새로운 음악, 새로운 기술, 새로운 문화, 새로운 생각 앞에서 "난 몰라도 돼"라고 말하는 순간, 세상은 우리를 조용히 과거형으로 분류한다. 처음에는 작은 것부터 시작된다. "요즘 애들이 듣는 노래는 이해가 안 돼." "이런 앱까지 쓸 필요 있나?" "SNS는 나랑 안 맞아." 하나하나는 합리적인 선택처럼 보인다. 실제로도 그럴 수 있다. 모든 것을 다 따라갈 필요는 없으니까.

하지만 문제는 이 말들이 쌓이면서 만들어내는 태도다. 처음에는 선택적 거부였던 것이 어느새 습관적 단절이 된다. "난 그런 거 몰라"라는 말이 입에 붙으면, 우리는 모르는 사이 세상과의 접점을 하나씩 잃어간다. 그리고 어느 순간 깨닫는다. 세상이 내가 필요하지 않은 게 아니라, 내가 세상을 필요로 하지 않게 되었다는 것을.

젊음은 '안다'가 아니라 '참여한다'에 가깝다.

스무 살의 대학생이 최신 트렌드를 몰라도 젊다고 느껴지는 이유는 그들이 많이 알아서가 아니다. 그들은 끊임없이 시도하고, 질문하고, 실패하고, 다시 도전하기 때문이다. 몰라도 괜찮고, 틀려도 괜찮고, 어색해도 괜찮다고 생각하는 사람은 여전히 젊다.

반면 마흔의 누군가가 서른처럼 느껴지지 않는 이유는 주름이나 흰머리 때문이 아니다. "그건 이미 해봤어." "그거 다 알아." "별거 없어." 이런 말을 자주 쓰기 시작하면 경험은 많아지지만, 인생은 얇아진다. 경험이 자산이 되는 게 아니라 장벽이 되는 순간이다.

나이를 먹으면 자연스럽게 많은 것을 겪게 된다. 연애도 해보고, 일도 해보고, 실패도 해보고, 성공도 해본다. 그 과정에서 우리는 패턴을 학습한다. "이런 건 이렇게 되더라." "저런 사람은 저렇게 행동하더라." 이런 학습은 분명 유용하다. 같은 실수를 반복하지 않게 해주고, 더 효율적으로 살 수 있게 해준다. 하지만 이 경험이 과도하게 쌓이면 위험해진다. 우리는 모든 것을 '이미 아는 것'으로 분류하기 시작한다. 새로운 만남 앞에서도, 새로운 기회 앞에서도, 새로운 도전 앞에서도 "뭐 비슷하겠지"라는 결론부터 내린다. 그렇게 삶은 예측 가능해지고, 예측 가능해진 삶은 지루해지고, 지루해진 삶은 늙어간다.

젊음은 사라질 때 큰 사건을 남기지 않는다.

교통사고처럼 갑작스럽게 오지 않는다. 이별처럼 극적

이지도 않다. 대신 아주 사소한 선택으로 흔적 없이 빠져나간다.

- 질문하지 않기로 한 날
- 설레는 일을 미루기로 한순간
- 새로운 나를 귀찮아한 결정
- "다음에"라고 말하고 영영 안 한 약속
- "나이 먹으면 다 그래"라고 합리화한 포기

그게 전부다. 하나하나는 너무 작아서 아무도 알아채지 못한다. 본인조차도. 하지만 이 작은 선택들이 모이면 어느새 우리는 다른 사람이 되어 있다. 새로운 것에 열려 있던 사람에서, 익숙한 것에만 안주하는 사람으로. 질문하던 사람에서, 단정 짓는 사람으로. 가능성을 보던 사람에서, 한계를 먼저 보는 사람으로.

어떤 사람들은 스물다섯에 이미 늙어 있고, 어떤 사람들은 쉰다섯에도 여전히 젊다. 그 차이는 무엇일까? 건강? 외모? 재력? 물론 이런 것들도 영향을 미친다. 하지만 본질은 아니다. 진짜 차이는 태도다. 정확히는, 미지의 것을 대하는 태도다.

<title : 바다꽃>

젊은 사람은 모르는 것 앞에서 호기심을 느낀다. "저게 뭘까?" "어떻게 하는 거지?" "나도 해볼까?" 늙은 사람은 모르는 것 앞에서 방어적으로 된다. "그게 왜 필요해?" "그거 해서 뭐해?" "나는 안 그래도 잘 살아." 그래서 젊음은 나이를 먹어서 사라지는 게 아니다. 호기심을 내려놓을 때 사라진다.

생각해 보면 우리가 가장 젊었던 순간은 언제인가? 아이러니하게도, 우리가 가장 어렸을 때다. 다섯 살 아이를 떠올려보자. 그들은 하루 종일 질문한다. "왜?" "어떻게?" "그게 뭐야?" 그들에게는 모든 것이 신기하고, 모든 것이 탐구의 대상이다. 공사장의 크레인도, 길가의 개미도, 하늘의 구름도 모두 경이로운 무언가다.

그런데 우리는 언제부터 질문을 멈췄을까? 언제부터 "다 안다"라고 생각하기 시작했을까? 초등학생 때? 중학생 때? 대학생 때? 직장인이 되고 나서?

사실 시기는 중요하지 않다. 중요한 건, 우리가 질문을 멈춘 이유다. 대부분은, 우리는 질문하는 게 불편해져서 멈춘다. 질문하면 무지가 드러나고, 무지가 드러나면 창피하고, 창피하면 방어하고 싶어진다. 그래서 우리는 아는 척을 배운다. 그리고 아는 척이 습관이 되면, 정말로 배움을 멈춘다.

인간은 '필수'에는 약하고 '흥미'에는 강하다.

이것은 젊음을 이해하는 핵심 열쇠다. 우리는 해야만 하는 일에는 에너지가 고갈되지만, 하고 싶은 일에는 밤을 새워도 피곤하지 않다. 의무감으로 하는 운동은 고통이지만, 재미로 하는 춤은 놀이다. 억지로 읽는 책은 잠이 오지만, 궁금해서 찾아본 정보는 새벽 세 시까지 읽게 된다. 젊음도 마찬가지다. 젊음을 유지하는 것이 의무가 되면 우리는 지친다. "나이 들어서도 젊어 보여야 해." "트렌드를 따라가야 해." "새로운 것을 배워야 해." 이렇게 접근하면 젊음은 또 하나의 해야 할 일이 되고, 우리는 결국 포기한다.

하지만 젊음을 흥미로 접근하면 다르다. "저 음악, 왜 인기가 많을까 궁금한데?" "저 기술로 뭘 할 수 있을까?" "저 사람들은 왜 저렇게 생각할까?" 이런 순수한 호기심이 살아 있으면, 젊음은 노력하지 않아도 자연스럽게 따라온다. 나는 요즘 유행하는 제니의 음악을 찾아보곤 한다. 그것도 흥미와 궁금함 호기심이 아닐까? 날 멈춰 있게 하지 않은 작은 일상?

그래서 젊음도 흥미를 만나야 되살아난다. 마흔에, 쉰에, 예순에도 젊을 수 있다. 단, 우리가 여전히 궁금해하고, 여전히 시도하고, 여전히 틀릴 용기가 있다면. 나이는 숫자일 뿐이라는 말이 진부하게 들릴 수 있지만, 그 안에는 진실이 있다. 진짜 나이는 출생연도가 아니라, 우리가 마지막으로 새로운 것에 마음을 연 날과 오늘 사이의 거리다.

당신이 마지막으로 "이거 해봐야겠다"라고 생각한 게 언제인가? 마지막으로 "이거 왜 이런 거지?"라고 궁금해한 게 언제인가? 마지막으로 서툴지만 시도해 본 게 언제인가? 만약 그게 어제였다면, 축하한다. 당신은 여전히 젊다. 만약 그게 일 년 전이었다면, 아직 늦지 않았다. 오늘부터 시작하면 된다. 만약 기억나지 않는다면, 지금이 바로 그 순간이다.

젊음은 다시 시작할 수 있다. 주름살을 지울 수는 없지만, 호기심은 되살릴 수 있다. 체력을 되돌릴 수는 없지만, 열정은 다시 불을 붙일 수 있다. 과거로 돌아갈 수는 없지만, 지금, 이 순간을 젊게 살 수는 있다. 가끔은 젊은 세대들이 열광하는 음식도 찾아 먹어보며 즐겨보고 유행하는 옷차림도 소품 정도는 구비해 보는 거다. 작은 행동들이 호기심을 유발하는 방법이 될 수 있다. 지금 이 글을 읽고 있는 독자 중에 '이 나이에' 하면서 고개를 절레절레하는 분도 있을 것이다. 그냥 해보는 거다. 그게 젊음을 유지하는, 아니 내 젊음을 발견하는 순간이 될 것이다.

결국 젊음은 선택이다. 매일매일, 순간순간 우리가 내리는 선택. "나랑 상관없어"라고 할 것인가, "한번 볼까?"라고 할 것인가. 그 선택이 쌓여서 우리의 젊음을 만들고, 우리의 인생을 만든다.

남들 말고, 내 속도를 믿기로 했다.

<title : 열정의 나무>

전시를 준비하다 보면 늘 비교가 따라온다. 누구는 이

미 해외에 나갔고, 누구는 이미 매진이 되었고, 누구는 이미 다음 단계를 준비한다. 가끔 조급해질 때가 있다. 지금은 어떤 기획이 들어가야 했는데 지금은 어떤 작품을 그리고 있어야 하는데.

그런데 어느 날 함께하는 대표님과 이런 얘길 나눴다. "우리는 우리 속도로 가죠." 그 말이 이상하게 마음에 남았다. 예술은 단거리 경주가 아니다. 숨이 긴 사람의 일이다. 빨리 가는 사람이 아니라 멈추지 않는 사람이 결국 멀리 간다. 내 속도를 인정하는 순간 비교는 조금씩 사라진다. 나는 빨리 피는 꽃이 아니라 오래 피는 꽃이 되기로 했다. 내 속도를 믿는다는 건 나를 신뢰한다는 뜻이다. 오늘 조금 느려도 괜찮다. 오늘 조금 쉬어도 괜찮다. 중요한 건 계속 나아가고 있다는 사실이다. 젊음은 속도의 문제가 아니다. 지속의 문제다. 그리고 나는 지속하기로 했다.

2부

예술 앞에서 벌어진 기묘한 변화들

예술은 왜 사람을 젊게 만드는가?

나는 20년 넘게 그림을 그리며 전시를 해왔다. 그 오랜 시간 동안 변하지 않은 게 하나 있다. 바로 캔버스 앞에 설 때의 설렘이다. 붓 하나를 들고, 색 하나를 고를 때마다 '이번엔 어떤 이야기가 나올까?' 하는 기대가 생긴다. 매번 새 작업을 시작할 때마다 처음 그림을 그리던 사람처럼 마음이 들뜬다.

이상한 일이다. 나는 원래 쉽게 싫증을 느끼는 사람이다. 같은 옷을 두 번 입는 것도 싫고, 같은 반찬이 계속 나오면 젓가락이 멈춘다. 새로운 것에만 반응하는, 꽤 까다로운 성격이다. 그런데 그림 앞에서는 다르다. 오히려 전시를 준비하는 시간은 그 어떤 익스트림 스포츠보다 자극적이다. 엔도르핀, 아드레날린, 도파민이 한꺼번에 뿜뿜 나온다. 몰입감과 행복 지수는 최고치다. 6시간 작업이 체감상 15분처럼 지나간다. 며칠 밤을 새워도 정신은 또렷하고 마음은

<title : passion>

오히려 가벼워진다. 가끔은 이런 생각이 든다. '이게 도를 닦는 도인의 경지가 아닐까?' 수행은 아니지만, 작업을 하다 보면 묘하게 평온해진다. 함께 그림 그리는 친구들과 몇 시간이고 작품 얘기를 나누며 흥분하고, 지금, 이 순간

도 그림 그리는 시간을 떠올리며 이렇게 긴 글을 쓰고 있다. 아마 누군가가 나를 지금 보고 있다면 이 시간이 가장 눈이 반짝거릴 거다.

창작은 어쩌면 미래를 그리는 일 같다. 사람은 미래를 상상할 때 가장 행복하다고 하니까. 그래서 이런 생각이 든다. 누구든, 자기가 몰입해서 꿈꿀 수 있는 무언가를 찾는다면 그 순간부터 나이는 슬그머니 사라지는 게 아닐까. 젊음은 숫자가 아니라, 설레는 방향을 바라보고 있는 상태니까.

이쯤 되면 질문이 생긴다. 왜 예술은 사람을 이렇게 젊게 만드는 걸까? 예술이 사람을 젊게 만든다고 하면 많은 사람이 이렇게 말한다. "그건 그냥 감성적인 표현 아닌가요?" 맞다. 감성적이다. 그런데 중요한 건, 젊음 자체가 이미 감성적인 상태라는 것이다. 예술은 우리를 새로 젊게 만드는 게 아니다. 이미 가지고 있던 젊음을 다시 작동시키는 스위치에 가깝다. 예술을 마주하면 사람은 자연스럽게 이렇게 변한다. 이유를 찾기보다 느낌을 먼저 믿고, 정답을 찾기보다 해석을 허락하고, 효율보다 몰입을 선택한다. 이 세 가지가 동시에 작동하는 순간, 뇌는 속으로 이렇게 말한다. "아, 이 사람 아직 살아 있구나."

젊음의 핵심은 체력이 아니다. 감각의 반응 속도다. 예술은 멈춰 있던 감각을 갑자기 깨운다. "이게 뭐지?" "왜 좋은지 모르겠는데 좋다." "설명은 못 하겠는데 끌린다." 이 문장들이 입 밖으로 나오면, 그 순간 사람은 젊다. 예술 앞에서는 나이도, 직업도, 역할도 잠시 내려놓게 된다. 그저 한 명의 인간으로 반응하게 된다. 그래서 예술은 사람을 어리게 만드는 게 아니다. 살아 있게 만든다. 젊다는 건 미성숙하다는 뜻이 아니다. 아직 반응할 수 있다는 뜻이다. 예술은 조용히 말한다. "너 아직 느낄 수 있어." "너 아직 흔들릴 수 있어." "너 아직 바뀔 수 있어." 이 말을 듣는 순간, 사람은 다시 현재형이 된다. 정리하자면 이렇다. 젊음은 사라지는 것도 아니고, 새로 얻는 것도 아니다. 제외되지 않기로 선택할 때, 호기심을 유지할 때, 감각을 닫지 않을 때, 젊음은 계속 켜져 있다.

<title : 비상>

그림 앞에서 젊어지는 사람들

호텔아트페어는 늘 묘하다. 복도는 호텔이고, 문을 열면 전시장이다. 카펫이 깔린 복도를 걸어 객실 문을 열면 침대가 있던 자리에 그림이 걸려 있다. 처음 오는 사람들은 조금 어색해한다. 신발을 벗어야 할 것 같기도 하고, 조용히 해야 할 것 같기도 하다. 그 낯섦이 사람을 잠시 멈추게 한다.

한 번은 이런 장면이 있었다. 중년 부부가 들어왔다. 남편은 작품보다 가격표를 먼저 보는 타입이었다. 아내는 색을 먼저 보는 사람이었다. 한 추상 작품 앞에서 아내가 멈췄다. 한참을 보더니 말했다. "이 색… 이상하게 마음이 편해." 남편은 대답하지 않았다. 그저 옆에서 같이 섰다. 10분 정도 지났을까. 남편이 조용히 말했다. "우리, 이거 걸어볼까?"

그 순간 두 사람의 표정이 달라졌다. 계산의 얼굴이 아니라 설렘의 얼굴이었다. 집에 그림을 들인다는 건 공간에 감정을 들이는 일이다. 그날 그 부부는 젊어 보였다. 결정을 내리는 얼굴은 항상 젊다.

감정은 말보다 먼저 온다. 우리는 감정을 말로 정리하려고 한다. "왜 우울하지?" "왜 화가 나지?" 하지만 감정은 언어보다 빠르다. 예술은 언어 이전의 영역에서 작동한다. 어떤 색은 설명 없이 따뜻하다. 어떤 선은 이유 없이 불안하다. 몸이 먼저 반응한다. 그래서 예술은 감정을 직접 건드린다. 말을 거치지 않지만 효과적이다.

예술이라는 이상한 해결책

전시 오프닝 날은 늘 긴장과 기대가 섞여 있다. 와인이 오가고, 낯선 사람들이 인사를 나누고, 작가는 약간 들떠 있다. 오프닝 날 한 관람객이 말했다. "요즘 많이 힘들었는데… 이 그림 보니까 숨이 좀 쉬어져요." 잠시 말을 잇지 못했다. 그리고 웃었다. "저도 그리면서 숨 쉬었어요."

그 짧은 대화 속에서 공기가 달라졌다. 그림은 물건이 아니었다. 두 사람 사이의 다리였다. 나는 그때 예술은 설명이 아니라 공감의 통로라는 생각이 들었다. 누군가의 고백이 작품을 통해 오갈 때 공간은 따뜻해진다. 그리고 그 공간 안의 사람들은 조금씩 부드러워진다.

나는 예술이 모든 것을 바꾼다고 믿지 않는다. 하지만 분명히 완화한다고는 믿는다. 날카로움을 둥글게 만들고, 빠른 호흡을 느리게 만들고, 굳은 표정을 풀어준다. 그리고 그 작은 변화가 사람을 젊게 만든다. 젊음은 긴장 상태에서 오래 유지되지 않는다. 이완 상태에서 비로소 살아난다. 예술은 그 이완을 돕는다. 그래서 이상하지만 확실한 해결책이다.

<title : 나비올레>

색은 몸이 읽는 언어다.

우리는 색을 본다고 생각하지만, 사실은 느낀다. 사람들은 색을 단순히 눈으로 보는 것으로 생각한다. 하지만 사실 색은 파장이고, 이 파장은 눈을 거치지 않고도 신경계를 바로 자극한다. 말하자면, 몸이 먼저 반응하고 마음은 그 뒤를 따라오는 셈이다. 예를 들어, 파란색을 보면 마음이 차분해지고, 불안의 작은 진동도 잦아든다. 초록색은 눈과 뇌의 피로를 풀어주고, 자연 속에서 느끼는 편안함의 이유가 된다. 노란색은 에너지와 활력을 불러오고, 밝은 표정을 자연스럽게 만들어준다. (그래서 호텔 조식 식당에는 노란 조명이 많다. 아침부터 기분 좋게 시작하게 하려고!) 그래서 강렬한 붉은색 앞에 서면 맥박이 조금 빨라진다. 푸른색이 넓게 펼쳐지면 어깨가 내려간다. 이건 심리적 기분이 아니라 신체적 반응이다. 색은 설명을 요구하지 않는다. 그냥 작동한다. 그래서 나는 전시를 구성할 때 색의 순서를 먼저 생각한다. 입구에서 너무 강한 색을 만나면 관객은 긴장한다. 중간에 차분한 색이 있어야 호흡이 정리된다. 전시는 그림의 나열이 아니라 감정의 흐름이다. 그리고 그 흐름을 만드는 건 색이다.

그리고 색은 기억을 건드린다. 어떤 색은 이상하게 익숙하다. "이 노랑, 초등학교 운동장 같아요." "이 파랑, 여름밤 같네요." 색은 구체적인 장면을 소환한다. 그 장면 속의 나는 지금보다 훨씬 어리다. 그래서 색 앞에서 사람은 순간적으로 젊어진다. 설명이 아니라 감각으로 돌아가기 때문이다. 젊음은 결국 감각의 생생함이다. 그리고 색은 그 생생함을 가장 빠르게 깨운다.

뇌 속 젊음 회로 켜기

<title : 생각의 날개>

　　우리는 종종 젊음을 근육의 탄력이나 피부의 상태로 생각한다. 거울 앞에서 확인할 수 있는 것들로만 젊음을 판단한다. 하지만 실제로 더 중요한 건 보이지 않는 곳에 있다. 연결이다. 뇌는 새로운 자극을 받을 때 새로운 길을 만든다. 익숙하지 않은 장면, 예상 밖의 색, 설명되지 않는 형

태를 만날 때 뇌 안에서는 작은 불빛들이 켜진다. 반대로 익숙한 것만 반복하면 그 길은 점점 좁아진다. 예측 가능한 하루는 우리를 안전하게 한다. 하지만 활성화하지는 않는다. 안전은 유지하게 시키지만 확장하게 시키지는 않는다.

그래서 예술은 중요하다. 예술은 늘 조금 낯설다. 형태는 완벽히 설명되지 않고, 색은 예상과 다르고, 의미는 단정되지 않는다. 그 열린 틈이 뇌를 깨운다. 전시장에 서 있으면 가끔 이런 질문이 공기 중에 떠 있는 게 느껴진다. "왜 이렇게 그렸을까?" "왜 얼굴이 없지?" "왜 이 색을 썼을까?" 질문이 생기는 순간, 뇌는 다시 움직이기 시작한다. 질문은 확신보다 에너지가 크다. 확신은 멈춤이고, 질문은 움직임이다.

아이들이 작품 앞에서 활발한 이유는 정답을 모르기 때문이다. 그래서 계속 묻는다. 계속 상상한다. 어른이 조용한 이유는 정답을 안다고 믿기 때문이다. 이미 분류했고, 이미 판단했고, 이미 지나간다고 생각한다. 하지만 작품은 정답을 허락하지 않는다. 그래서 어른의 뇌도 결국 다시 질문을 시작한다. 그 순간, 아주 작은 전류가 흐른다. 나는 그걸 '젊은 회로가 켜지는 순간'이라고 말하고 싶다. 연결은 곧 생기다. 뇌는 기억의 창고가 아니라 연결의 기관이다. 다시 말하면, 뇌는 기억을 쌓아두는 창고가 아니다. 연결하는 기관이다.

색 하나를 보면 갑자기 어린 시절이 떠오른다. 형태 하나를 보면 이유 없이 마음이 울컥한다. 그건 우연이 아니다. 뇌가 연결하고 있기 때문이다. 작품 앞에 서 있으면 현재만 있는 게 아니라 과거도 같이 서 있다. 어릴 적의 나와 지금의 내가 같은 그림을 보고 있다. 그 순간, 나는 조금 달라진다. 한 장면이 예전의 나와 지금의 나를 이어 준다. 그래서 마음이 조금 더 넓어진다. 연결이 많을수록 사람은 더 생생해진다. 생각은 유연해지고 감정은 단단해진다. 반대로 연결이 끊기면 하루는 평평해진다. 자극도 없고, 놀람도 없고, 질문도 없다. 편안할 수는 있지만, 생기 있지는 않다. 예술은 그 평평한 하루에 작은 굴곡을 만든다. "왜 이렇게 그렸지?" "왜 이 색일까?" 그 한 번의 멈춤, 그 한 번의 질문이 뇌를 깨운다.

"뇌는 거짓말을 못 한다. 즐거우면, 우리는 젊어진다." 뇌는 매 순간 수많은 신호를 처리한다. 하지만 그중 가장 강력한 신호는 긍정적인 자극이다. 예술, 유머, 음악, 새로운 경험 이 모든 것이 뇌 회로를 깨우고 젊게 만든다. 그래서 전시장을 나가는 사람의 표정은 들어올 때와 조금 다르다. 조금은 부드럽고, 조금은 느리고, 조금은 가볍다. 아주 미세한 차이지만 연결이 시작됐다는 걸 알게 된다. 젊음은 다시 스무 살이 되는 게 아니다. 젊음은 확장이다. 새로운 것을 받아들이고, 익숙한 것을 다르게 보고, 이미 가진 경험을 다시 엮는 것. 경험은 시간을 낡게 만들지 않는다. 연결을 멈출 때만 시간은 닳는다. 많이 살아본 사람은 이미 재료가 많다. 문제는 그것을 다시 섞어볼 용기가 있는가다. 어제와 똑같이 보지 않고, 어제와 다르게 느끼는 것. 그게 확장이다. 그래서 나는 전시가 끝난 뒤에도 그 회로가 꺼지지 않기를 바란다. 하루는 반복되어도 시선은 반복되지 않기를. 계속 연결하고, 계속 질문하고, 계속 반응하는 사람. 그 사람은 쉽게 늙지 않는다. 나는 믿는다. 젊음은 몸의 나이가 아니라 연결의 밀도다. 그리고 그 밀도는 거창한 계획이 아니라 작은 질문 하나에서 시작된다. 오늘, 나는 무엇과 연결되었을까.

관객도 전시의 공동 창작자다

전시는 작품만으로 완성되지 않는다. 작가가 세계를 만들고, 기획자가 공간을 구성한다면, 관객은 그 전시에 마지막 숨을 불어넣는 사람이다. 문이 열리고 첫 발걸음이 들어오는 순간, 전시는 비로소 움직이기 시작한다. 같은

작품이라도 누가, 어떤 마음으로 보느냐에 따라 전혀 다
른, 전시가 된다.

<title : 그곳에 가다 I>

　어떤 이는 색에 먼저 반응하고, 어떤 이는 이야기 앞에서
멈춰 선다. 어떤 이는 오래 바라보고, 어떤 이는 짧게 스쳐
지나간다. 그러나 그 모든 태도는 전시 일부가 된다. 나는
큐레이팅을 하며 관객의 동선을 자주 바라본다. 어디에서
발걸음이 느려지는지, 어떤 작품 앞에서 가장 오래 머무는
지, 어디에서 작은 미소가 번지는지. 그 움직임 하나하나가

또 다른 전시 언어처럼 느껴질 때가 있다. 특히 깊이 몰입한 관객은 멀리서도 알아볼 수 있다. 눈빛이 달라진다. 표정이 풀린다. 마치 작품 속으로 조용히 들어간 사람처럼 보인다. 그 순간, 그는 더 이상 '보는 사람'이 아니다. 작품과 감정을 나누는 공동 창작자가 된다. 설명을 듣고 고개를 끄덕이는 일, 질문을 던지는 태도, 한 번 더 천천히 바라보는 시간. 그 모든 과정은 작품의 의미를 넓히는 행위다.

　전시는 보여지는 것이 아니라 겹쳐지는 것이다. 작가의 시선 위에 관객의 해석이 더해지고, 그 위에 또 다른 감정이 쌓인다. 그렇게 전시는 한 사람의 것이 아니라 여러 사람의 시간이 된다. 그리고 가끔, 전시에서 가장 아름다운 순간이 찾아온다. 관람객이 조용히 말한다. "이 작품, 집에 두고 싶어요." 그때 예술은 전시장에서 끝나지 않는다. 누군가의 집으로, 누군가의 하루로 이동한다. 예술이 소유되는 순간, 일상이 된다. 나는 '소장의 순간'을 좋아한다. 계약서에 사인을 하는 순간, 작품이 벽에서 내려오는 순간, 포장지가 감싸지는 순간. 그때 사람의 얼굴은 묘하게 빛난다. 소장은 소비가 아니다. 선택이다. 그리고 선택은 뇌를 강하게 자극한다. "이 작품이 우리 집에 걸리면…" "아침에 일어나면 제일 먼저 보이겠지…" 그 상상을 하는 동안 뇌는 미래를 그린다. 미래를 상상하는 능력은 젊음의 핵심이다.

상상이 멈추면 노화는 시작된다. 그림을 집으로 들이는 사람은 일상에 새 장면을 추가하는 사람이다. 전시장에 있을 때의 예술은 조금은 긴장해 있다. 빛을 받고, 시선을 받고, 자신의 의미를 설명해야 한다. 하지만 집으로 들어간 순간 예술은 힘을 뺀다. 아침 햇살을 함께 맞고, 커피 향을 같이 맡고, 아무 일 없는 날을 함께 보낸다. 그때 예술은 특별한 대상이 아니라 일상의 일부가 된다. 젊음도 그렇다. 특별한 날에만 반짝이는 것이 아니라 일상 속에 자연스럽게 놓일 때 오래 머문다.

전시되는 상태는 긴장이다. 함께 사는 상태는 지속이다. 작가는 자기 세계가 다른 삶 속으로 들어간다는 기쁨을 느끼고, 관객은 예술을 소유하는 것이 아니라 예술과 함께 살아가게 된다. 그 순간, 역할은 흐려진다. 작가와 관객은 같은 경험을 공유하는 사람이 된다. 그래서 나는 생각한다. 전시는 보여주는 행위가 아니라 함께 만들어가는 과정이라고. 작품, 공간, 사람, 시선이 겹쳐질 때 전시는 하나의 생명체가 된다. 그리고 그 생명은 관객의 참여로 비로소 완성된다. 관객은 전시의 끝에 서 있는 존재가 아니다. 전시 한가운데에 서 있는 또 하나의 창작자다. 그리고 그 창작은 전시장에서 멈추지 않는다. 누군가의 하루 속에서 조용히, 오래 계속된다.

환경을 지키면… 내가 어려짐?

전시가 시작되기 전, 아직 관객이 들어오기 전의 공간은 조용하다. 조명은 켜져 있고 작품은 벽에 걸려 있지만 어딘가 숨을 참고 있는 느낌이 든다. 그리고 문이 열리고 첫 관객이 들어오는 순간 공기가 바뀐다. 나는 그 변화를 오래 보아왔다. 사람은 공간에 들어가면서 이미 조금 달라진다. 그 차이를 만드는 건 생각이 아니라 환경이다. 주변이 몸과 뇌를 속인다.

호텔아트페어의 복도에서는 그 차이가 더 선명해진다. 객실 문을 여는 순간, 조명이 바뀌고, 공간의 밀도가 달라진다. 그 낯섦이 뇌를 깨운다. "여기는 뭐지?" 그 질문 하나가 탐색 모드를 켠다. 복도에서의 표정과 객실 안에서의 표정은 분명 다르다.

환경이 바뀌면 설정이 바뀐다. 한 번은 오프닝 날 유난히 사람이 많았던 적이 있다. 와인잔이 부딪히는 소리, 대화 소리, 카메라 셔터 소리. 작품은 좋았지만, 공간은 소란

스러웠다. 그날 관객들의 체류 시간은 짧았다. 오래 서 있는 사람이 적었다. 나는 그때 깨달았다. 예술의 질만으로는 충분하지 않다는 걸. 소음이 많으면 뇌는 방어 모드로 들어간다. 빨리 보고, 빨리 판단하고, 빨리 벗어나려 한다. 환경이 깊이를 막는다. 그 뒤로 나는 조명과 동선뿐 아니라 '소리의 밀도'까지 고려하게 되었다. 전시는 보는 일이지만 환경은 듣는 일까지 포함한다.

느리게 보는 기술 – 멈춤의 힘

나는 전시 중에 15분의 힘을 경험하곤 한다. 어떤 중년 여성이 하나의 작품 앞에 오래 서 있었다. 처음 1분은 표정이 굳어 있었다. 2분쯤 지나자 고개를 조금 기울였다. 5분이 지나자 입술이 느슨해졌다. 10분이 지나자 숨이 깊어졌다. 15분이 지나자 그녀는 아주 작은 미소를 지었다. 나는 멀리서 그 장면을 지켜봤다. 멈춤이 사람을 바꾸는 순간이었다.

빠르게 지나쳤다면 아무 일도 일어나지 않았을 것이다. 아무도 눈치채지 못할 만큼 작은 변화였지만 나는 멀리서 그 장면을 보고 있었다. 멈춤이 사람을 바꾸는 순간이었다. 그녀가 빠르게 지나쳤다면 아무 일도 일어나지 않았을 것이다. 그 그림은 그냥 '한 점의 작품'으로 남았을 것이다. 하지만 15분이라는 시간 동안 그녀 안에서는 무언가가 움직였다. 처음엔 낯설었고, 조금 뒤에는 궁금해졌고, 마침내는 연결되었다. 멈추는 시간은 감정을 복원하는 시간이다. 우리는 바쁘게 살면서 감정을 잠시 꺼둔다. 놀랄 시간도, 느낄 시간도 없이 지나간다. 그런데 멈춰 서 있는 동안 묻어 두었던 감정이 조용히 올라온다. 그래서 사람의 얼굴이 바뀐다.

전시 진행할 때 가끔 도슨트로 책임을 할 때가 있다. 도슨트로 작품설명을 진행하다 보면 확연한 차이를 느낄 수 있다. 같은 작품이라도 설명 없이 볼 때와 설명을 듣고 다시 볼 때는 전혀 다르다. 설명 없이 볼 때 보통 이렇게 반응한다. "음… 추상화네." "잘 모르겠다." "예쁘긴 한데…" 몇 초보고 지나간다. 눈은 작품을 스치지만, 생각은 깊이 들어가지 않는다.

그런데 도슨트로 한 문장을 덧붙이며 "이 선은 작가가 가장 불안했던 시기를 표현한 거예요." "이 색은 새벽빛을 떠올리며 반복해서 덧칠한 겁니다." 그 말을 듣는 순간 관객은 다시 작품을 본다. 아까는 그냥 지나쳤던 선이 갑자기 의미를 가진다. "아, 그래서 이 선이 이렇게 흔들렸구나." 이해가 생기는 순간 시선이 멈춘다. 멈추면 오래 본다. 오래 보면 더 깊이 보인다. 그때 표정이 달라진다. 처음에는 판단하던 얼굴이 이제는 들여다보는 얼굴이 된다.

이해는 속도를 늦춘다. 빨리 판단하려던 마음이 조금 풀린다. "모르면 그냥 지나가자"가 아니라 "한 번 더 보자"로 바뀐다. 속도가 느려지면 몸도 따라 느려진다. 호흡이 안정되고 어깨가 내려가고 눈빛이 부드러워진다. 뇌는 그때 '지금은 안전하다'라고 느낀다. 안전하다고 느낄 때 사람은 더 깊이 생각할 수 있다. 그래서 도슨트로 역할을 할 때 정보를 주는 일이 아니라 멈춤을 선물하는 일이다. 한 번 더 보게 만들고, 조금 더 오래 머물게 만든다.

젊음은 빠른 판단에서 나오지 않는다. 오히려 반대다. 깊게 머무를 힘, 쉽게 지나치지 않는 태도, 한 번 더 들여다보는 여유. 그게 사람을 젊게 만든다. 빠르게 아는 사람보다 천천히 이해하는 사람이 오래 간다. 그리고 전시장에서는 그 차이가 얼굴에 그대로 드러난다.

몸과 뇌의 리셋 버튼 – 예술적 자극

전시장 문을 열고 무표정으로 들어와 웃으며 나간 한 남

성분이 있었다. 처음에는 표정이 거의 없었다. 일을 마치고 잠깐 들른 사람처럼 보였다. 손에는 휴대폰이 들려 있었고, 시선은 벽을 빠르게 스캔하듯 움직였다. 작품 몇 점을 훑어보고는 고개를 끄덕이듯 하더니 돌아서려 했다. "그냥 한 번 보고 가는구나." 나는 그렇게 생각했다. 그런데 그가 한 작품 앞에서 멈췄다. 강렬한 색의 추상화였다. 붉은색이 넓게 깔려 있고, 그 위에 파란 선이 거칠게 지나가 있었다. 설명하기는 어렵지만 한 번 보면 쉽게 지나치기 힘든 그림이었다. 그는 한 발 더 다가섰다. 처음에는 여전히 무표정이었다.

하지만 이번에는 발이 움직이지 않았다. 그는 그림을 보는 게 아니라 그 안을 들여다보는 것처럼 보였다. 휴대폰은 어느새 주머니에 들어가 있었다. 고개를 조금 기울이고 눈을 살짝 가늘게 뜨더니 화면을 따라 천천히 시선을 움직였다. 그리고 어느 순간, 입꼬리가 아주 미세하게 올라갔다. 큰 웃음이 아니었다. 누군가를 의식한 웃음도 아니었다. 그냥 안에서 올라온 웃음이었다. "아…" 마치 혼잣말처럼 작은 소리도 났다. 나중에 그는 이렇게 말했다. "이 색을 보니까… 예전에 친구들이랑 밤새 놀던 기억이 나네요."

그 순간 나는 알았다. 그가 그림을 본 게 아니라 자기 시간을 꺼냈다는 걸. 전시장에 들어올 때 그의 얼굴은 하루에

 ─● 예술로 젊어지기

지친 얼굴이었다. 빠른 판단, 빠른 걸음, 빠른 시선. 나갈 때 그의 얼굴은 달라져 있었다. 눈빛이 조금 부드러워졌고, 어깨의 긴장이 풀렸고, 걸음이 느려졌다. 그는 조금 어려 보였다. 피부가 달라진 건 아니다. 머리카락이 변한 것도 아니다. 뇌가 한 번 정리된 얼굴이었다. 예술적 자극은 사람을 완전히 바꾸지 않는다. 다만 잠깐 멈추게 한다. 그 멈춤 속에서 뇌는 새로운 연결을 만들고 잊고 있던 기억을 꺼내고 굳어 있던 감정을 풀어낸다. 리셋은 모든 걸 지우는 게 아니다. 흩어진 것을 다시 정렬하는 일이다. 무표정으로 들어와 작게라도 웃으며 나가는 사람. 난 그때 일을 떠올리며 젊음은 시간이 아니라 반응에서 온다는 것을. 그의 뇌는 그날 분명히 한 번 새로 고침 되었다.

빛이 달라지면 표정이 달라진다.

우리는 눈으로 본다고 생각하지만, 사실은 몸으로 느낀다. 같은 사람도 조명 아래에서는 또렷해 보이고 형광등 아래에서는 피곤해 보인다. 같은 공간도 햇빛이 들어올 때는 생기 있고 어두운 날에는 축 처져 보인다. 왜 그럴까. 빛과 색은 단순히 '보이는 것'을 만드는 요소가 아니다. 몸의 리듬을 조율하는 신호다.

한 번은 같은 전시에서 조명 색온도를 바꾼 적이 있다. 처음에는 비교적 차가운 빛이었다. 하얗고 선명한 조명. 작품의 선은 또렷했고 색은 정확하게 드러났다. 하지만 이상하게 관객들이 오래 머물지 않았다. 작품은 좋았지만, 공간이 조금 날카로웠다. 그래서 조명을 바꿨다. 차가운 빛에서 조금 더 따뜻한 톤으로. 노란 기가 아주 살짝 도는 조명. 그날 전시는 같은 작품이었지만 완전히 다른 공간이 되었다. 사람들의 걸음이 느려졌다. 말소리가 낮아졌다. 작품 앞에서 한 번 더 멈추는 사람이 늘어났다. 어떤 관객은 전날 그냥 지나쳤던 그림 앞에 오래 서 있었다. 빛 하나 바뀌었을 뿐인데 사람의 체류 시간이 달라졌다. 빛은 분위기가 아니라 신경계의 언어라는 것을. 색이 몸을 움직인다는 것을. 푸른 빛이 많은 공간에서는 숨이 깊어진다. 심박이 조금 안정된다. 붉은색은 에너지를 올린다. 집중을 빠르게 만든다. 노란색은 시선을 위로 끌어 올린다. 기분을 조금 밝게 한다. 이건 기분 탓이 아니다. 눈으로 들어온 빛은 뇌로 전달되고, 뇌는 자율신경을 통해 몸의 리듬을 바꾼다. 그래서 우리는 푸른 바다를 보면 안정되고, 노을을 보면 마음이 풀린다. 색은 생각보다 솔직하다. 빛은 또 시간을 조절한다. 시간을 인식하게 한다.

아침 햇빛은 몸을 깨운다. 저녁의 따뜻한 빛은 몸을 쉬게 한다. 밝은 자연광 아래에서는 집중이 선명해지고 생각이 또렷해진다. 어두운 공간에서는 감정이 안쪽으로 모인다. 전시는 결국 이 리듬을 설계하는 작업이기도 하다. 어디에서 각성하게 할지, 어디에서 이완하게 할지. 빛을 어떻게 배치하느냐에 따라 관객의 호흡이 달라진다. 호흡이 달라지면 표정이 달라진다.

왜 좋아 보이는가 가끔 이런 말을 듣는다. "요즘 좋아 보이세요." "얼굴이 밝아졌어요." 피부가 갑자기 달라진 게 아닐지도 모른다. 빛이 달라졌고, 속도가 달라졌고, 공간이 달라졌을 가능성이 크다. 좋은 빛 아래 오래 있는 사람은 자연스럽게 이완한다. 이완한 얼굴은 부드럽다. 부드러운 얼굴은 젊어 보인다. 젊음은 결국 긴장이 풀린 상태에 가깝다. 우리는 보이는 것에 생각보다 많이 지배된다. 밝은 공간에서는 생각이 넓어지고, 정돈된 공간에서는 마음이 안정된다. 그래서 환경을 바꾸는 일은 기분 전환이 아니라 뇌의 설정을 바꾸는 일이다. 좋은 빛, 균형 잡힌 색, 편안한 시선. 이 세 가지가 유지되면 뇌는 탐색 모드를 유지한다. 탐색 모드는 호기심이 살아 있는 상태다. 호기심이 살아 있는 얼굴은 쉽게 늙지 않는다.

빛과 색은 우리를 보이게 하는 요소가 아니라 우리를 바꾸는 요소다. 그리고 환경을 설계하는 사람은 자기 젊음을 설계하는 사람이다.

3부

예술은 감각을 깨우고, 감각은 사람을 젊게 만든다.

<title : travel>

전시를 오래 하고 전시기획을 하다 보면 트렌드를 읽어야 하고, 젊은 작가를 만나야 하고, 새로운 감각을 엿볼 줄 알아야 한다. 요즘 어떤 작가가 주목받는지, 어떤 감각이 떠오르는지, 어떤 방식이 새롭다고 불리는지 끊임없이 읽어야 한다.

어느 순간 이런 생각이 들었다. "감각이 둔해지면 안 되겠다.” 그래서 나는 조금 의식적으로 젊은 사람처럼 움직이기 시작했다.

낯선 작가의 포트폴리오를 대충 넘기지 않고 끝까지 봤다. 이해되지 않는 작업 앞에서 “흥미롭네요”라는 말로 정리하지 않기로 했다. 모른다면 모른다고 인정하고, 낯설다면 낯선 이유를 스스로 묻기로 했다. 어린 작가의 작업을 보며 “요즘은 다 이런가?”라고 말하는 대신 “왜 이 방식이 필요했을까?”라고 생각해보기로 했다. 조금 더 열린 사람처럼 보이고 싶었고, 조금 더 감각적인 기획자처럼 보이려 했다. 그런데 이상한 일이 벌어졌다.

의식적으로 젊은 척하려고 노력하다 내가 먼저 변하기 시작한 것이다. 낯선 작업 앞에서 불편함 대신 호기심이 생겼고, 젊은 작가의 거친 문장 속에서 설명되지 않는 진심을 읽기 시작했다. 예전에는 정리되지 않은 아이디어가 불안했는데, 어느 순간 그 미완의 상태가 매력적으로 느껴졌다. 나는 트렌드를 따라가려 했지만, 결국 다시 배우고 있었다. 젊음은 나이를 잊는 능력이 아니라 낯섦을 거부하지 않는 태도라는 걸.

전시기획자로서 나는 공간을 설계한다고 생각해 왔다. 하지만 그보다 먼저 나의 감각을 설계해야 한다는 걸 알았다. 젊어 보이고 싶어서 시작한 작은 연습은 어느새 나를 다시 살아 있게 만들었다. 뒤처지지 않기 위해 애썼을 뿐인데, 나는 다시 궁금해졌고, 다시 놀라기 시작했고, 다시 멈출 수 있게 되었다. 습관은 태도가 되었고, 태도는 결국 나를 바꿨다. 나이나 경력이 아니라 생각들과 교감들을 흡수할 수 있는 서로의 받아들임과 자유로운 사고가 선행되어야 예술의 흐름을 따라갈 수 있었다. 수많은 작가들을 만난다. 그 어떤 작가도 똑같은 작업을 선호하지 않는다. 항상 본인의 작업에 새로움을 원하고 자신의 세계관을 잃지 않는 작업경로를 택하고 싶어한다. 그렇다 창의적인 일뿐만 아니라 전문 분야나 자신의 일에 열정을 다하는 그 어떤 이도 새로운 일들을 맞이한다. 그것이 본인의 익숙한 분야에 어색하고 낯설더라도 한 단계 나아가는 걸 두려워하지 않아야 더 나은 단계로 발전하는 것과 같다. 더욱이 창작과 연결된 나의 직업에서는 새로운 일들을 받아들이고 발전시킬 수 있어야 한다.

그래서 젊은 작가를 이해하려다 나를 다시 보게 되었다. 젊은 작가들과 미팅하면 종종 당황한다. 설명이 없다. 논리가 느슨하다. 대신 감각이 앞선다. 처음엔 이렇게 생각했다. "조금 더 정리하면 좋을 텐데." 하지만 어느 날 문득 내가 너무 빨리 정리하고 있다는 걸 깨달았다. 나는 작품을 이해하려 하기보다 정리하려 하고 있었다. 그래서 방식을 바꿨다. 설명을 요구하기 전에 조금 더 듣기로 했다. 의도를 묻기 전에 왜 이 감각이 나왔는지 궁금해하기로 했다. 젊은 작가를 이해하려고 애쓰다 보니 내가 먼저 궁금해지기 시작했다. "왜 나는 이걸 낯설다고 느끼지?" "왜 나는 이 색이 불편하지?" 질문이 바깥이 아니라 안쪽으로 향했다. 그때부터였다. 젊은 척하려던 태도가 진짜 호기심으로 바뀌기 시작한 건. 그래서 나는 계속 젊어지기로 선택한 사람이다. 그리고 그 선택은 전시장 한가운데에서 아직도 조용히 진행 중이다. 트렌드를 따라가려다 감각을 다시 배우게 되었다.

기획자는 흐름을 읽어야 한다. 요즘 어떤 작업이 주목받는지, 어떤 색과 형식이 등장하는지 계속 살펴야 한다. 처음엔 따라가느라 바빴다. SNS를 보고, 아트페어를 돌고, 신진 작가들의 작업을 훑었다. 그러다 어느 순간 너무 많이 '보고만' 있다는 걸 깨달았다. 깊게 보지 않고 빨리 보고 있었다. 그래서 다시 전시장에 오래 서 있기 시작했다. 기획자라는 이름을 잠시 내려놓고 그냥 한 사람의 관람객으로 보기로 했다. 작품 앞에서 5분, 10분, 때로는 20분. 속도를 늦추자 내 감각이 돌아왔다. 트렌드를 쫓는 대신 반응을 듣게 되었다. 이 작품이 왜 나를 멈추게 하는지, 왜 이 색이 오래 남는지. 그때 알았다. 젊음은 빠르게 따라가는 능력이 아니라 깊게 머무는 능력이라는 걸. 젊음은 남들보다 빨리 따라가는 능력이 아니다. 유행을 빨리 알고, 정보를 빨리 이해하고, 속도를 맞추는 일이 아니다. 오히려 반대다. 젊음은 조금 더 오래 서 있을 수 있는 힘이다. 쉽게 지나치지 않고, "아, 알겠다." 하고 넘기지 않고, 한 번 더 들여다보는 마음. 깊게 머무는 사람은 세상을 빨리 소비하지 않는다. 대신 천천히 연결한다. 그리고 연결하는 사람은 쉽게 늙지 않는다.

일상에 예술을 들이면 감각이 깨어난다.

젊음을 유지하는 방법은 생각보다 단순하다. 거창한 결심도, 새로운 도시로 떠나는 용기도, 매주 전시장을 도는 일정도 필요하지 않다. 나는 오히려 일상 속 작은 장면에서 더 큰 변화를 보았다. 전시가 끝난 뒤 집으로 돌아오는 길. 사람들은 대단한 다짐을 하지 않는다. 대신 이렇게 말한다. "오늘 빛이 참 좋았어." "전시장에서 봤던 색이 자꾸 생각나네." 대신 이렇게 말한다. 그 한 문장은 감각이 아직 살아 있다는 증거다. 그래서 나는 젊음을 거창하게 말하지 않기로 했다. 아침에 눈을 뜨면 휴대폰 대신 창밖을 한 번 더 본다. 빛의 색이 어제와 어떻게 다른지 잠깐 느껴본다. 커피를 마실 때 그냥 넘기지 않고 향을 한 번 더 들여 마셔 본다. 그때의 기분에 따라 커피 원두의 종류도 다르게 선택 한다. 블루마운틴일지, 에디오피아일지, 세밀하게 선택하 게 된다. 또는, 허브차를 마실지까지도. 집 안 한쪽에 작은 그림 하나를 둔다. 꼭 비싼 작품일 필요도 없다. 내가 오래 바라볼 수 있는 것이면 된다. 좋아하는 음악을 중간에 끊지 않고 끝까지 들어본다. 이 작은 행동들이 뇌에 신호를 보낸 다. "지금, 느끼고 있다." 감각은 거창한 자극보다 이런 의 식적인 순간에 더 잘 깨어난다.

예술은 전시장 안에만 있는 것이 아니다. 햇빛이 벽에 닿 는 순간에도 있고, 식탁 위의 색감에도 있고, 하루를 정리 하는 조용한 시간에도 있다. 전시를 기획하다 보면 공간을 설계하는 일이 얼마나 중요한지 알게 된다. 빛을 어디에 둘 지, 어떤 작품을 마주 보게 할지, 관객이 어디에서 멈출지를 고민한다. 전시를 위한 공간 설계는 단순히 작품을 걸어 놓 는 일이 아니라, 관람객이 작품을 어떻게 경험하고 걸어가 며 느끼게 할 것인가를 만드는 과정이다. 좋은 전시는 공간 의 흐름 속에서 자연스럽게 이야기가 펼쳐지듯 진행된다.

관람객이 전시장에 들어와 작품을 보고, 머물고, 다시 생각
하게 되는 하나의 여정이 만들어지는 것이다.

　보통 전시는 입구에서 시작되는 작은 프롤로그 공간에서
출발한다. 이곳에서 전시의 제목과 작가소개, 그리고 전시
핵심 메시지를 간결하게 보여준다. 대표 작품 한 점이 함께
놓이면 관람객은 전시장에 들어서는 순간 자연스럽게 전시
분위기와 방향을 이해하게 된다. 그 공간은 문과 같은 역할
을 한다. 관람객이 일상에서 벗어나 전시 세계로 들어오는
시작점이다. 그 다음에는 전시의 중심이 되는 메인 공간이
이어진다. 이곳에서는 작품들을 하나의 흐름 속에서 배치

하는 것이 중요하다. 모든 작품을 한꺼번에 보여주기보다
는 몇 개의 작은 주제로 나누어 배치하면 관람객이 훨씬 편
안하게 작품을 감상할 수 있다. 예를 들어 감각의 시작, 내
면의 풍경, 피어나는 젊음과 같은 방식으로 작품을 묶어 공
간을 구성하면 전시는 하나의 이야기처럼 자연스럽게 이
어진다. 작품과 작품 사이에는 충분한 간격을 두어 각각의
작품이 호흡할 수 있도록 하는 것도 중요하다. 그림이 너무
가까이 붙어 있으면 감상이 분산되기 때문이다. 작품을 걸
때는 높이와 간격도 중요한 요소가 된다. 일반적으로 작품
의 중심을 바닥에서 약 145센티미터 정도 높이에 맞추면
대부분의 관람객이 편안하게 볼 수 있다. 또한 작품 사이에
는 약 80센티미터에서 1미터 정도의 간격을 두면 공간이
안정적으로 보인다. 한 벽면에는 보통 세 점 정도의 작품을
배치하거나, 하나의 큰 작품을 중심으로 양쪽에 작은 작품
을 두는 방식이 균형 잡힌 구성을 만든다.

　전시 공간에서 조명은 작품만큼 중요한 요소다. 적절한
조명은 작품의 색과 질감을 훨씬 깊이 있게 보이게 한다.
일반적으로는 따뜻한 느낌의 3000K 정도 조명을 사용하
고, 그림 위에서 약 30도 각도로 비추는 스팟 조명을 사용
하면 색이 자연스럽고 부드럽게 살아난다. 너무 강한 조명

보다는 은은하게 작품을 강조하는 방식이 전시 전체 분위기를 안정적으로 만든다.

공간의 분위기 또한 작품을 돋보이게 하는 중요한 배경이 된다. 대부분의 회화 전시는 흰 벽을 기본으로 하고 밝은 톤의 바닥과 부드러운 조명을 사용하면 작품의 색이 가장 잘 살아난다. 특히 감각적인 회화 작품의 경우 주변 공간이 단순할수록 작품 자체의 에너지가 더 선명하게 드러난다.

전시의 마지막에는 작은 에필로그 공간을 두는 것도 좋은 방법이다. 이곳에는 작가 노트나 짧은 문장을 두어 관람객이 전시를 보고 난 뒤 잠시 생각을 정리할 수 있도록 한다. 때로는 관람객이 사진을 찍거나 메시지를 남길 수 있는 작은 공간을 마련하면 전시는 더 오래 기억에 남는다. 전시는 단순히 작품을 보는 경험을 넘어, 관람객의 감정과 기억 속에 하나의 장면으로 남기 때문이다.

결국 전시 공간 설계란 작품을 어떻게 배열할 것인가의 문제가 아니라, 작품과 공간, 그리고 관람객의 감각이 하나의 흐름 속에서 만나는 구조를 만드는 일이다. 좋은 전시는 특별한 장치를 많이 사용하는 것이 아니라, 작품이 가장 자연스럽게 숨 쉬고 관람객이 편안하게 머물 수 있는 공간을 만드는 데서 시작된다.

문득, 내 일상도 설계하면 된다는 생각이 들었다. 리추얼은 단순한 반복이 아니다. 무의식적으로 흘러가는 반복은 우리를 둔하게 만든다. 하지만 의식이 들어간 반복은 우리를 깨어 있게 한다. 같은 아침이라도 빛을 한 번 더 바라보면 그날은 조금 다르다. 같은 커피라도 향을 느끼면 그 순간은 조금 깊어진다. 의식이 들어가는 순간 일상은 예술이 된다. 그리고 예술이 스며든 일상은 쉽게 늙지 않는다. 왜냐하면 그 하루는 그냥 흘러간 하루가 아니라 한 번 더 느껴진 하루이기 때문이다. 젊음은 대단한 사건에서 오는 게 아니라 이렇게 작고 조용한 순간에서 자란다. 나는 이제 안다. 전시를 만드는 일과 하루를 만드는 일은 크게 다르지 않다는 것을. 조금 더 의식적으로 빛을 고르고, 조금 더 천천히 향을 맡고, 조금 더 오래 바라보는 것. 그 작은 설계가 감각을 깨우고, 감각이 깨어 있는 사람은 시간 속에서도 쉽게 늙지 않는다.

계속 깨우는 사람은 계속 젊다.

나는 전시장에서 늘 두 부류를 본다. 입구에서 작품 몇 점을 훑고 고개를 끄덕이며 나가는 사람. 그리고 출구 근처까지 갔다가 다시 돌아오는 사람. 차이는 아주 단순하다. "봤다"로 끝내느냐, "한 번 더 볼까"로 이어가느냐 빠르게 나가는 사람은 대개 이미 정리된 얼굴이다.

"이런 스타일." "요즘 이런 작업 많지." "대충 알겠네." 그는 정보를 얻고 떠난다. 하지만 한 번 더 돌아보는 사람은 다르다. "아까 저 선이 자꾸 생각나네." "왜 저 색이 이렇게 남지?" 그는 아직 정리하지 않는다. 대신 붙잡는다. 그 작은 차이가 시간이 흐를수록 크게 벌어진다.

계속 깨우는 사람은 익숙한 것도 다르게 본다. 같은 동네 카페에 가서도 "오늘은 빛이 조금 따뜻하네." 같은 골목을 걸어도 "어제는 못 본 꽃이 있네." 같은 그림을 두 번째 보며 "어? 어제는 이 부분을 못 봤네." 그 사람은 이미지를 소비하지 않는다. 이미지와 관계를 맺는다. 그래서 시간이 쌓여도 감각이 둔해지지 않는다. 왜냐하면 계속 연결하기 때문이다. 연결은 큰 사건이 아니다. 강렬한 감동, 엄청난 깨달음, 대단한 변화가 아니다.

젊음은 불꽃놀이가 아니라 스위치에 가깝다. 아주 작은 스위치. 오늘도 한 번 더 묻고, 오늘도 한 번 더 느끼고, 오늘도 한 번 더 멈추는 것. 전시기획자로서 나는 안다. 전시의 완성은 작품이 아니라 관객의 두 번째 시선에서 이루어진다는 것을. 한 번 더 돌아본 그 순간, 그 사람은 이미 변하고 있다. 젊음은 강렬하게 사는 것이 아니라 깨어 있게 사는 것이다. 계속 깨우는 사람은 어제와 똑같이 살지 않는다. 비슷한 하루를 보내더라도 조금 더 보고, 조금 더 느끼고, 조금 더 연결한다. 그래서 그 사람은 시간이 쌓여도 무뎌지지 않는다. 젊음은 나이가 아니라 '반응을 멈추지 않는 습관'이다. 그리고 그 습관은 오늘도 선택할 수 있다. 한 번 더 돌아볼 것인가, 그냥 지나갈 것인가. 그 사람이 오래 젊다.

그래서 나는 가끔 생각한다. 젊음은 나이를 피해 달아나는 것이 아니라, 감각이 멈추는 순간부터 서서히 사라지는 것이 아닐까 하고. 사람은 나이가 들어서 둔해지는 것이 아니라, 어느 순간부터 더 이상 자세히 보지 않기 때문에 둔해지는 것일지도 모른다. 익숙함은 편안하지만, 동시에 많은 것을 흐리게 만든다.

같은 길을 걷고, 같은 창을 지나고, 같은 계절을 맞이하면서도 우리는 점점 덜 바라보고 덜 느끼게 된다. 그래서 감각을 깨우는 일은 특별한 사건을 기다리는 일이 아니다. 오히려 아주 작은 것들을 다시 바라보는 일에 가깝다. 빛이 벽에 닿는 순간을 한 번 더 보는 것, 손에 닿는 물건의 질감을 잠시 느껴보는 것, 평소에는 그냥 지나가던 색을 잠깐 멈춰 바라보는 것. 예술은 어쩌면 그런 연습인지도 모른다. 세상을 조금 더 오래 바라보는 연습. 익숙한 것을 낯설게 다시 보는 연습. 그리고 이미 알고 있다고 생각했던 것들 속에서 다시 한 번 새로운 감각을 발견하는 연습.

그래서 예술을 가까이하는 사람은 어쩌면 젊어지는 것이 아니라 이미 가지고 있던 감각을 다시 꺼내 쓰게 되는 것일지도 모른다. 우리는 누구나 한때 빛을 오래 바라보던 사람이었고, 색을 신기해하던 사람이었고, 작은 것에도 쉽게 마음이 움직이던 사람이었으니까. 그 감각이 다시 살아나는 순간 시간은 여전히 흐르고 있지만 사람은 그 안에서 조금 다른 속도로 살아가게 된다. 조금 더 천천히 보고, 조금 더 깊게 느끼고, 조금 더 오래 머무는 삶. 어쩌면 그것이 시간 속에서 쉽게 늙지 않는 사람들의 아주 조용한 비밀일지도 모른다. 그리고 나는 이제 확신한다. 젊음은 나이에 있는 것이 아니라 여전히 깨어 있는 감각 속에 있다는 것을.

젊어진 척하려다 진짜 젊어졌다.

젊음은 트렌드를 아는 능력이 아니다. 나이를 잊는 기술도 아니다. 계속 반응하는 태도다. 작가로서, 기획자로서, 관객으로서 계속 묻고, 계속 머물고, 계속 연결하는 것. 젊은 척하는 흉내를 내다 습관이 되었고, 그 습관이 태도가 되었고, 태도가 나를 바꿨다. 나는 여전히 나이를 먹는다. 하지만 감각은 계속 깨어 있다. 나는 젊음은 돌아가는 것이 아니라 전시를 설계하듯, 공간을 설계하듯, 하루를 설계하는 것이라고 말하고 싶다. 나는 전보다 더 자주 웃고 있었고, 더 자주 놀라고 있었고, 더 자주 "와"라고 말하고 있었다. 예전부터 감탄사는 많이 말하곤 했다. 무언가를 대단히 성취해서가 아니라 작은 변화에 더 많이 반응했기 때문이다. 전시장에서 관객이 고개를 기울이면 그 움직임이 예뻐 보였고, 빛이 작품에 닿는 각도가 바뀌면 괜히 기분이 좋아졌다.

젊어진 척했을 뿐인데 분명 진짜 젊어지고 있었기 때문이다. 젊음은 한 번의 결심이 아니라 반복의 결과라는 걸. 한 번 더 묻는 일, 한 번 더 멈추는 일, 한 번 더 느끼는 일. 일상이 될 수 있는 젊어지는 연습을 오늘도 조용히 이어가고 있다.

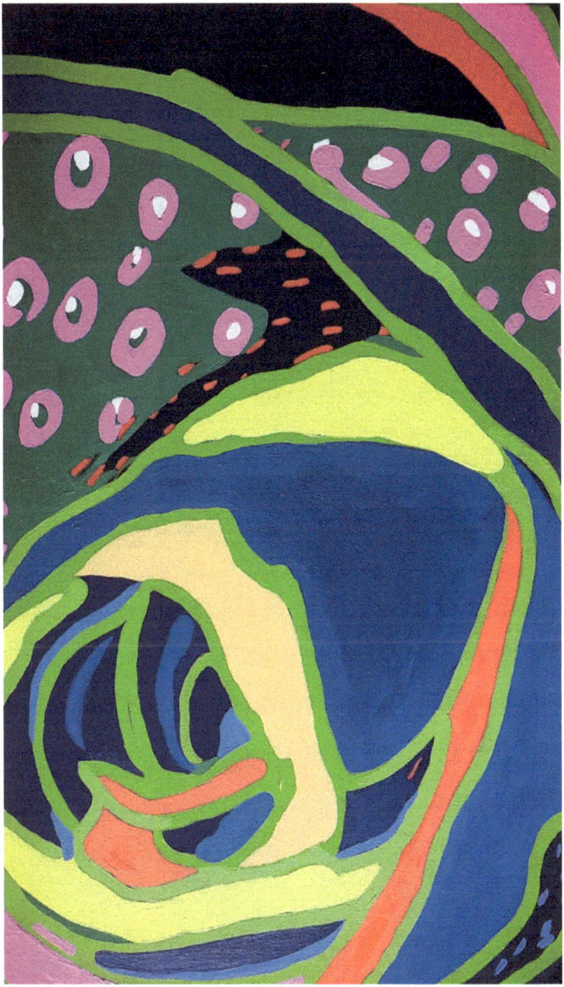

<title : flowers bloom>

우리는 오늘도 다시 켤 수 있다. 전시가 끝난 날, 마지막 조명을 끄고 텅 빈 공간에 잠시 서 있을 때가 있다. 며칠 전까지만 해도 사람들로 가득했고, 웃음이 있었고, 질문이 오가던 공간이다. 이제는 조용하다. 그 조용한 공간에 서 있으면 늘 같은 생각이 든다. 전시는 끝났지만, 감각은 끝나지 않았으면 좋겠다고. 나는 오랫동안 젊음을 붙잡으려 애쓰는 사람을 보았다. 좋은 화장품을 찾고, 운동을 시작하고, 새로운 것을 배우며 시간을 이기려 했다.

하지만 전시장에서 내가 본 젊음은 조금 달랐다. 그것은 피부의 탄력이 아니라 눈빛의 반응이었다. 무표정으로 들어왔다가 작게 웃으며 나가는 사람. "왜 이렇게 그렸을까?"라고 묻는 사람. 한 작품 앞에서 한참을 서 있는 사람. 그 얼굴은 나이와 상관없이 젊었다. 젊음은 잃어버린 것을 되찾는 일이 아니라 꺼져 있던 감각을 다시 켜는 일이라는 것을. 빛을 고르고, 낯선 장면 앞에서 멈추는 일. 그 작은 선택이 하루의 표정을 바꾸고, 표정이 시간을 바꾼다. 전시를 설계하듯 우리는 하루를 설계할 수 있다. 조명을 바꾸듯 시선을 바꿀 수 있다. 젊은 척하려고 시작했을지도 모른다. 하지만 괜찮다. 흉내라도 좋다. 멈춰 서 보고, 한 번 더 묻고, 조금 더 느껴본다면 그 흉내는 결국 진짜가 된다.

　나는 오늘도 전시장을 나서며 생각한다. 젊음은 멀리 있지 않다고. 그것은 지금, 이 순간 무엇에 반응하느냐에 달려 있다고. 우리는 시간을 되돌릴 수는 없지만, 감각은 다시 켤 수 있다. 그리고 스위치는 늘 우리 손안에 있다.

지구 소환행 시리즈 W

- 대한민국 행복 개그 졸탄쇼
10만 관객이 함께한 졸탄쇼.
그 비밀스런 이야기

지구 소환행 시리즈 Z

- 제기랄 잠 좀 자자...

지구 소환행 시리즈 Y (Young at art)

예술로 젊어지기

1쇄 발행 2026년 3월 19일
지은이 최은경
펴낸이 김영경
펴낸곳 쏠딴스북
표지 디자인 이지선
인디자인 인지예

출판등록 제2021-000088호(2021년 6월 22일)
주소 경기도 파주시 탄현면 헤이리마을길 82-91 B동 202호
이메일 fuha22@naver.com

ISBN 979-11-94047-45-2